내안의 뿌리가 오래오래 곰삭아
깊은 맛이 우러나 자유롭게
더 밝은 햇빛을 볼 수 있기를 희망해 봅니다.

산막이 옛길

국립중앙도서관 출판예정도서목록(CIP)

산막이 옛길 : 이인순 작품집 / 지은이: 이인순. -- 대전 :
이든북, 2017
    p. ;   cm

표제관련정보: 시와 그림 그리고 에세이
ISBN 979-11-87833-18-5 03810 : ₩12000

개인 문집[個人文集]
한국 현대 문학[韓國現代文學]

810.81-KDC6
895.708-DDC23   CIP2017019604

산막이 옛길

이인순 작품집

발문

이인순 시인의 시세계는 맑고 평화롭다.

그녀는 일상적인 삶의 공간에 충실하면서 눈과 귀는 자연에 두고 끊임없이 그것들을 통해 정겹고도 따뜻한 정서를 이끌어내는 것, 그의 시를 읽는 즐거움은 여기에 있다.

괴산의 박달산 아래에서 낳아 이웃 목도로 시집간 여인, 어쩌면 무풍지대를 살았다고 할 수도 있고 담백한 생이라 말할 수도 있겠다. 그러나 여성의 의지나 사유를 밑바닥부터 옭아매는 시절의 희생양들인 구시대 여성으로서 시를 쓴다는 자체만으로도 그녀의 일생에 한 획을 긋는 혁명에 가까운 놀라운 일인 것이다.

그래선지 그녀의 시는 청정 괴산의 아침을 산책하는 것처럼 풋풋하다

상상력의 질료가 이곳 괴산의 자연과 그곳에서 생활하는 일상에 국한되어 있기 때문일 것이다.

거기에 유일하게 스치는 아련한 슬픔의 정체도 헤집어 보면 유난히 금슬이 좋았던 남편에 대한 사부곡이다.

언젠가 그녀에게 이렇게 말한 적이 있다.
〈목도의 신사임당〉 이라고,

남편의 내조는 차치하고 모든 여건이 불리한 시골인 목
도에서 아들들을 서울대와 연대로 진학시킨 저력의 어머니
인 것과 시인으로 등단해서 시집을 출간하며 사생대회에서
선에 드는 실력의 그림까지 그리는 그녀의 치열한 삶을 높
이 산 때문이다.

그러나 이제부터 시작이라는 첫 마음은 내려놓지 않았
으면 좋겠다.

정교함과 오랜 수련에 헌신해야하는 이인순 시인에게
격려와 박수를 맘껏 보낸다.

_ 장민정 시인

봄의 소리 | 73×69㎝ | 화선지에 수묵담채

시인의 말

새벽녘 수시로 찾아들던 까닭모를 설음들이 내 곁을 떠나지 않았다. 밤새 머리맡에 수근 거리는 은유의 모퉁이만 스쳐도 그 밤은 행복했다.

하지만 눈을 뜨면 다 사라져 버리는 언어유희들,

나는 수없이 절망 했고 헛헛한 가슴을 쓸어 내렸다.

크고 작은 사소한 상처들이 생의 변두리로 나를 몰아냈는지 모르겠다. 상처의 흔적들이 하나둘 생길 때마다 내가 견뎌야 할 시간은 깊고 모질었으며 어떤 목표라고 여기던 것들은 점점 멀어져 가는 것만 같았다.

재롱둥이 손자가 집에 온 날 도서출판 '연인'에서 전화가 왔다. 내안이 다시 환하게 들썩거렸다. 햇빛이 잘 들지 않는 골목이 환해 보였다.

내가 가장 힘들었던 때에 봄빛처럼 찾아와 내 곁에서 스승으로 벗으로 나를 이끌어 주었던 장민정 선생님, 님이 있어 그 어두운 터널에서 벗어날 수 있었습니다. 진심으로 감사를 전합니다.

내안의 뿌리가 오래오래 곰삭아 깊은 맛이 우러나 자유롭게 더 밝은 햇빛을 볼 수 있기를 희망해 본다.

차례

2

3

4

봄의 속삭임 | 65×53㎝ | 화선지에 수묵담채 | 2015

1

쌍곡의 여울 | 65*53㎝ | 화선지에 수묵담채 | 2017

합수머리

놀미산 스르르 내려와
오작교 놓은 자리
음성 색시 달천 총각
만나자 마자 한 몸으로 뒹굴고 지랄이다.
어어, 저 것들
물결들이 서둘러 감싸는데
피라미 꺽지 빠가사리들 쑤군쑤군
이리저리 소문내기 바쁘다
황새는 못 본 체
경중거리다 떠나버리고
물오리 한 무리
몰랐다
미처 몰랐다
첨벙 첨벙
갈대들은
불콰하게 서서
흔들흔들

햇빛 눈부시다.

얼음골에서

군자산 중턱
다 쓰러져 가던 초가집
언제 사라졌는지
동화 속 그 언덕 위 하얀집
햇볕에 빛나네

누렁소 되새김질 하던
외양간 자리엔
외제 세단이 멎어 있고
텃밭엔 잔디가
이름 모를 온갖 꽃나무들 배경이 되었네

꿈에 그리던
언덕 위 하얀 집
공주가 왈츠를 출 것 같은데

아
저기

앉아 있는 후줄근한 노인네
검불처럼 애처롭네.

목도 장날

목도 장날은
이제 장날도 아니다

개킨자리 선명하게 펄럭이는 옷
난장에 펼친
옷 장사 하나 뿐

공구 장사도 그릇 장사도
젓갈 장사도
다 사라지고 없다

이고 지고 장 보러 와
어깨 부딪치며 걷던
산 아래 중턱너머 사람들
다 어디로 갔을까

하얀 할머니 한 분
밀차를 밀며 기어가듯 지나간 뒤

주인 없는 누런 개 한 마리
어슬렁 가는 길

못 견디겠는지
바람이 먼지 나도록
바닥을 쓸고 있다.

연탄재

눈이 내린다고
쌓인다고
칼바람이 매섭다고

밤새도록
아랫목 데우던 연탄

아침이 되자마자
대문 앞 빙판길에서
마지막 체온으로 다비식 치른다

고맙다
눈물나게 고맙다
먼 데 있는 자식보다 휠 낫지

온몸으로 배웅하는
연탄재 즈려밟고
할머니
밀차를 밀며 경로당 가신다.

산막이 옛길 1

사오랭이 지나
괴강 물은
물빛 산 그림자로 흔들린다.

배암 같은 다래 덩굴
산허리 감고 돌아
어디로 가는가

어슬렁어슬렁 호랑이 발자국
물 마시러 내려온 토끼 노루
다래순도 베어 물고

괴강 물 따라
빙글 빙글 돌고 돌다
어지러워

산막이 옛길 토해낸다.

산막이 옛길 2

사오랭이 마을
숫대 나무에서
까치가 운 탓일까

발길 잦아진 연리지 앞
등산복 연인들
찰칵 찰칵 추억을 찍고

출렁다리 건너며
훨훨
새처럼 날고 있다

물새 한 마리 푸르르
강물 위로 날아가는
열두 폭 산수화

등잔 봉에서
달려 내려오는

기도 소리
알알이
다래 덩굴 속에
영근다.

아침을 열다

신 새벽 동구 밖에
화톳불 피어오르면
수건 위에 긴 창모자 눌러 쓴 아낙들
모여 든다

아줌마들 빼곡하게 태운
종철이네 경운기는
이씨네 담배 밭으로 떠나고
이장네 봉고 차는 유창리 콩밭으로 달려간다

하루도 쉴 틈 없는
아줌마들
내일은 인삼밭에
모레는 고추밭에
글피는 과수원에

담뱃잎이 노랗게 익어간다
콩 싹이 올라와 나풀나풀

인삼알 도록도록 살이 붓고
탱탱한 고추가 음흉하게 흔들흔들

오뉴월 땡볕도
약 오른 고추처럼 매워
밤이면 쑤셔대는 사대삭신
진통제 한 알 꿀꺽 넘기면서
오늘 받은 품삯 어제 것에 보태어
힘주어 꼬옥 쥐어보면

스르르 오는 잠 속에
용돈 쥐어 줄 손자 얼굴 떠올라
미소 짓는다.

할머니 밀차

경로당 마당에
밀차가 한 가득 모여 있다

일편단심으로
할머니 나오실 때만 기다리는
밀차들

고맙다 고맙다
손잡이가 반질반질해

경로당 가실 때
슈퍼 가실 때
약국 가실 때

할머니 가시는 곳 어디든
앞서 안내하는
밀차

가시다가 숨차면 허리 펴고
잠깐 앉았다 가시라고
편한 자리도 항상 마련하고 있다.

스프링클러

가문 날
배추밭에 스프링클러 돌려
흠뻑 물을 주는데

이웃 할아버지 밭 배추들은
목마르다고
속이 탄다고
추욱 처져 있다

까딱까딱 빙글빙글
잘도 돌아가는 스프링클러

흠뻑 물 먹는 우리 배추들은
날아갈 듯 날개를 펴는데
할아버지네 배추들은
온몸 비틀대고 있다

'아, 주인을 잘 만나야 하는데…'
"우리 주인 좀 불러 주세요!"

도랑에 간다

뒤꼍에 졸졸
도랑물 흐른다

성골산 어디쯤에서부터
시작 되었는지
돌 틈으로
잡풀 사이로
돌돌
흐르고 흘러
뒤꼍에 닿았다

산골짝 물
졸졸 흘러
도랑물이다.

봄은 어디쯤 오는가 | 72×58cm | 화선지에 수묵담채 | 2012

매미 소리 72×58㎝ | 화선지에 수묵담채 | 2013

할머니의 꽃밭

홀로 사시던 할머니
적적할 때마다
한 잔씩 마시던 소주가 각별해선지
소주병으로 화단의 담을 둘러놓았다

어스름 저녁
환히 피어 반색하던 분꽃이며
봉선화 꽃물들이던 추억
아이들 재잘대던 웃음까지
켜켜이 채워지던 할머니의 화단

졸음이 쏟아지는
조용하고 환한 봄날
마른풀 덤불 속 수선화 한 무더기
노랗게 울고

할머니 떠나면서
쓰다듬듯 닫아둔 유리창에

고스란히 얼비치는
기다림

날아들어 춤추며 지저귀던
참새도 멧새도 보이지 않는다
스산한 바람만
안팎을 휘젓는 해거름

까마귀 한 마리
까악 깍 울면서
요양원 쪽으로 날아간다.

문광 저수지에서

기온이 급 하강한 날 아침
저수지 앞에서 길을 잃었지
더듬더듬 아득 했어

시끄러운 콜라텍
말 춤추는 싸이의 야단법석은
딴 세상이야

그야말로
오리도 무도 중도 어디 있는지
한참을 허우적거리듯
배회한 거야

비스듬히 외눈 뜨는 빛을 보았지
소문처럼
찌르듯 파고드는 햇빛
찔러도 아프진 않고
차라리 신선했어

한 오라기
바람 때문이었어
무대가 환해졌지
조연들이 무대 뒤로 사라진 뒤
빛은
노란 은행잎 시나브로 지는
선명한 액자그림을 걸고 있었어

어째서
안개들은
뭉그적대며 애써 숨기려고만 했을까.

호수 속으로 들어간 산

황새가
우아하게 배회하는
호수 속에서
산은
물구나무 서 있어

산의 뿌리들인 나무들
왜 자꾸 눈을 꿈벅거리지?

다람쥐랑
무당벌레랑
모두 숨기고
에헴, 하는 것이 아니야

잉어랑 붕어
피라미들이
자꾸
겨드랑이를 간질이는 거야

저 봐
산은
호수 속에서
즐거운 거야.

암서재 | 72×58㎝ | 화선지에 수묵담채 | 2017

2

8월 | 65×53cm | 화선지에 수묵담채 | 2016

빗물 되어

긴 가뭄 끝에 소나기 내린다
추녀를 타고 떨어져 내리는 빗방울들
이산가족 해후처럼 한데 모여 흐른다

멀리 간 그 사람도
빗물처럼 오시려나

그가 비라면
종일 맞아도
좋을 것인데.

어린 눈물

이른 아침 산책길
작은 풀잎들
눈물 후두둑 떨구고 나서
실컷 울어 버린 듯
해맑게 웃고 있다

어린 기억 속에
슬피 슬피 울던
이제는 입가에 웃음 번지는
울다가 조금씩 성숙해지던
눈물들

풀잎은 울지 않는다
다만 어린 것들
성장통 앓아 보챌 뿐

은하수로 하늘가 흐르던
내 어린 눈물

풀잎에 내려
대신 울어주었을 것이다

겨울 원두막

차들이 쌩쌩 다니는 길가에
옥수수 팔던 원두막 있네
찾는 사람 하나 없어
심통이 난 바람만
먼지를 한 움큼 끼얹고 간다네

뼛골로 초라하게 서있는
마음 안으로
안으로 들어가면
농부들 꿈 영글던 발자국들 선명하다네
기쁨 웃음소리도 박혀있다네

어둠 깊으면
새벽이 멀지 않듯
깊은 겨울 속에서
나는 기다리네

하모니카 불 듯
옥수수 즐겨먹던
그날 그 사람들.

바람

살랑 살랑 봄바람
꽃구경 가기 좋은 바람

후끈후끈 여름바람
수박 먹기 좋은 바람

선들 선들 가을바람
임 생각나는 바람

씽씽 겨울바람
뜨거운 것이 그리운 바람.

어머니

제살 다 파먹힌 다슬기처럼
껍질만 남은 어머니

방바닥에도 앉기 힘들어
의자에만 앉아 계시면서

밥 먹었느냐
제때 먹어라

서툰 전화번호
눌러 늙은 딸 챙기신다

갑자기 혼자된 내가
가슴에 얹혀

잘 있느냐
때 거르지 마라

잠도 설치시는 어머니

구십이 넘어서도
칠십이 된 딸에게
없는 살까지 파먹히고 계신다

설레설레

섭이네 비닐하우스
내내 멀쩡하더니
꽃샘바람 불자마자
정분이 났나

잘 돌보던 어린 싹
다 얼어 죽는데
나 몰라라
기어이
샛바람 따라 나서는
저 꼴 좀 봐

눈도 가리고
귀도 막고
물불도 모른다
그저

홑치마에서

쏟아내는
씽씽 솟바람 소리

정말 어쩔까 잉!

대학찰옥수수

햇볕 따가워질 때 쯤
옥수수는 처음이자 마지막
단장이 필요하다

팬티까지 홀라당 벗기고
길어진 수염도 말끔히 다듬으면
뼈대 있는 집안답게
쭉쭉 뻗은 저 모습

푹욱 삶아야
쫀득쫀득 오돌오돌
식감 좋고
맛도 좋아

신나게 모여 앉아
하모니카 부는
대학 찰옥수수.

호박

방안에서 겨울을 난
호박 한 덩이
옆구리에 검버섯 진하게 번졌다

그냥 두면
두엄에나 던져버릴 것
작심하고 검버섯 도려내본다

옹기종기 매달려 있는
호박씨를 꺼낸다
아직은 말짱한 삶

우리 아버지
어느 날
검버섯 심하게 번진 적 있었다

위에 구멍이 나
옆구리 도려 낸 적 있었다.
말짱하게 일어섰다.

수석

그이가 놓아둔
내 작은 정원의 수석 하나
어루만지듯 바라보다가
목도 강가에 나왔네

수석을 찾겠다고
아래만 내려다보며 걷던 그이
나는 콧노래 흥얼대며 따라 걸었네

햇볕은 빛나고
바람은 부드러워
바쁠 것도 고달플 것도 없던
그날 산책길

발밑에서 자갈들 부딪는
즐거운 종알거림
강물도 자갈자갈 흥겹게 노래했네

오늘도
햇빛은 빛나고
바람은 부드러운데

앞뒤 맞창 난 수석 찾아 들고
흡족하게 웃던 그이는
아무데도 없어

강물만 흐느끼며 흘러가네.

벚꽃의 향연 | 72×58㎝ | 화선지에 수묵담채

고향의 가을 | 65×53㎝ | 화선지에 수묵담채

유월 옥수수밭

현충일 사이렌이
들판 위로 쏟아진다

수염이 붓끝만큼 내민 옥수수들
연병장에 도열해 있다

받들어 총!
총대가 한 몸인
저 많은 젊은이들의 부동자세

땀방울들이 뿌리를 적신다
뿌리가
나를 휘감고 있다

수염 깍고 긴 수염 흔들며
하얗고 고른니
들어내고 웃으며 돌아올

그날은
오고야 말겠지만

퍼렇고 무상한 기다림
아직은 온 들이 퍼렇다.

도라산 역에서

지난봄 나비가 날았을 것이다
오늘은 잠자리가 날아가고 날아든다
남에서 북으로
북에서 남으로
이렇게 60년을 탈 없이 날아 다녔다.

강은 유유히 흐르고
나비도 잠자리도 새들도
스스럼없이 날아가고 날아오는 곳

접경의 두 마을 태극기와 인공기를
드높이 올려 나부끼게 한다고
뿌리박힌 나무들과
들판의 벼들
살랑 살랑 고개를 흔드는 곳

소를 끌고 북으로 넘어 가던 장관이
언제였던가

보라산은 적막에 잠겨
60년 이산가족
피눈물 같은 비무장지대
붉게 물든 초목들
지켜보고 서있다.

손 씻었어요

짜장면집 문발 앞에서
들어가지 못하고
한숨 만 쉬던 파리

어쩌다 땀내 나는 아저씨 만나
머리에 앉아 살짝쿵
들어서는데

파리채 들고 설치는
짜장면집 사장님과
마주치고 말았다

요 며칠
메르스 분풀이 한다고
파리채만 잡고 있는 사장님 앞에서

"손 씻었어요
깨끗이 씻었어요 제발!"

파리가
두 손 모아 싹싹 빌고 또 빈다.

봄2 | 65×53㎝ | 화선지에 수묵담채 | 2016

3

벚꽃 | 65×53㎝ | 화선지에 수묵담채 | 2017

빗방울

비 온 뒤
빗방울들
빨래 줄에 매달려 있다

떨어질까
말까
뚝!

아찔한 높이에서
가볍게 내려앉는
생각들

볼록 창문으로
보이던
세상 속으로

스며들고 있는 중이다.

쥐똥나무 옆에서

동네 회관 담을 따라
쥐똥나무 줄지어 서있다

플라타너스 잎 무수히
떨어져 구르는
소리에 묻혀
쥐똥나무 작은 잎들
가뭇없이 스러지고

새까맣고 작게
조롱조롱 매달린
저
새 까만
쥐 눈 같은
쥐 똥 같은
열매들

쥐똥나무 열매 먹으러

사양고양이가 온 것도 아닌데
나는 어쩌자고
멀리멀리 아주 간 그이가
또 생각나는지

창가에 마주하고 앉아
커피를 마시는
참으로
시시콜콜한 일이
왜 이렇게 그리운지

쥐똥 같은 눈물이
마음속에 차고 넘친다.

달맞이 꽃

살랑살랑 바람은
나를 위로하지만
태양은 너무 강열해
숨고만 싶어요

입 꾸욱 다물고
고개 숙인 채
아무 말 못 하는
나

기다리고 기다려
별들이
촘촘히 내걸릴 즈음

고개 들고
비로소
당신에게 사운거리는

수줍고
여린
나.

조팝꽃

조팝꽃 무더기무더기
하얗게 피었네

삼촌아재비집에도 눈치 보이던
보리 고개
휘이휘이 가는 길

조팝꽃은
어미 마음으로
하얀 쌀밥 수북수북 담아 놓았네

이팝조팝 쌀밥
배부르게 먹는 것이 소원이던 어린 날
바가지로 퍼마신 맹물
출렁출렁 소리 내며
터벅터벅 돌아가는 길

이팝꽃들은

쓰라린 어미 마음 어찌 아는지
점심이나 하라고
마음에 점 하나 찍으라고

여기 저기
이 산 저 산
무더기무더기
하얀 쌀밥 상을 차렸네.

빨래집게

내 삶은
오동나무에서 시멘트 담 사이
힘들어도
내게 매달리는 자
한 번도 외면한 적 없는데
언제부턴지
허공에 매달려 있다

일하지 않으면 먹지도 말라는
내 사전 속 말
귓전에 윙윙거릴 때마다
어금니 꽉 깨물지만

가슴속 질러가는
조바심이
때마다
상모를 돌리며 패대기도 치는
퍼포먼스

하늘이
집게손으로
나를 집어 올려
허공에 띄운다.

민들레

경로당 담 밑 노란 민들레 꽃
올해도 환한 얼굴
경로당 새 단장한다고
레미콘 차 좁은 골목길 비집고 들어와
그 내장 쏟아낼 때
차라리 눈을 감았겠지
위안부 할머니 억센 군화에 짓밟힐 때처럼
민들레 씨앗 이곳에 날아와
노란 얼굴 내 보이네
꽃술 한가득 너무 고운 얼굴색
위안부 할머니 소녀 되어 이곳에 온 듯.

노을

저녁노을이 진다
지는 노을 앞에서 나는
무슨 말을 할까
오늘이 곱게 떠난다고 할까
깜깜한 어둠이 온다고 할까
말없이 가는 해
무슨 인사해야 할까.

가을바람

무덥고 긴 여름의 터널 속에서
내내 왕따였던 바람

슬며시 들판에 나와
홀쭉하니 샐쭉해진 마음
노랗게 붓질하고 있다

그러나
너는 왕따
너는 왕따
참새들까지 쑤군거려
죽어도 못 견딘 바람은

넘어지며 씩씩거리며
들판을 질러 산비알 오르네

내가 왜 왕따
내가 왜 왕따

제풀에 토라지고 까칠해지는
얄랑거리는 잎사귀 골라 후려치고 있다네

붉으락푸르락
어린 볼때기들
때릴 때가 어디 있다고

허참.

수옥정 | 72×58㎝ | 화선지에 수묵담채 | 2013

봄의 향연 | 65×53㎝ | 화선지에 수묵담채 | 2016

눈 내리는 밤

진이네 아기
첫 울음 우는 소리 들린다.
바알간 창문의 불빛
쓰다듬고 온
소복 눈

하얗게
하얗게 소곤소곤
장승처럼 서있는 가로수 잠 재우고
마실꾼 토방에 올라 눈 털어내는 소리
포옥 익은 알밤이 화로에서 깜짝
옛날에 옛날에

도란도란
포옥 깊어 가는
밤

오소리도 소리 없이
산밭을 질러간다.

아무리 아니라고 해도

콩밭 한가운데
한쪽으로 기울어져 있는 허수아비

콩잎들 흘깃흘깃 너울대며
아무리 아니라고 해도
콩알 여무는 소리 다 들었다

길섶 풀포기들 온몸 흔들며
아무리 아니라고 해도
풀벌레 우는 소리 다 들었다

나뭇잎들 얼굴 붉히면서
아무리 아니라고 해도
성큼 다가선 가을

허수아비
찢어진 옷깃 흔든다.

도둑 고양이

우리 집에 몰래 와서
생선 물고 가다 들킨 도둑고양이

미워서
미워서
돌 던지고 소리 쳤는데
추수한 볏가마 앞에
쥐 한 마리 잡아 놓았네

던진 돌 잘도 피해 도망가더니
골목에서도 날 보면
꼬리 내리고 살짝 옆으로 숨어 버리네

너 언제까지
나를 피할 거니?

겨울 들판

바람이 성난 황소를 닮아 가면
돌아갈 집이 없는 논둑의 마른 풀들 좀 봐요
노숙자처럼 초췌한 것이 신음소리마저 쨍그랑 얼었어요
잃어버린 집이 얼마나 그리울까요

논바닥에서 가을부터 여직 뒹굴고만 있는 볏짚둥치들
누렁소 꿈벅이는 큰 눈 같아요
구제역이다 FTA다 소값 하락이다
난리 북새통에 길을 잃었어요

논바닥에서 나뒹구는 볏짚둥치 갈구던 황소바람
막 내달리네요
큰길로 나서더니
도시로 가고
국회로 가고
청와대로 가나 봐요
워낭소리는 아예 들리지 않는데
텃새들만 지지고 볶고 씨부렁거리네요.

산불

저것은
불귀신
미친 화마야

안하무인이 아니라
안하전무
아무 것도 거칠 것이 없다는 거야

겨우내 떨며
웅크리고 산,
이제 겨우 겨우 기지개 켜는
어린 것들마저
마구 태워 죽이다니….

경중 경중
투다닥 투다닥
산발한 저 불귀신

이리 뛰고 저리 날고
발광하고 지랄하는 바람에
나무들

산채로 서서
다비식에 든다.

주전골의 단풍 | 72×58㎝ | 화선지에 수묵담채 | 2016

4

저 굽잇길 돌아가면 | 72×58㎝ | 화선지에 수묵담채 | 2015

고속도로 단상斷想

여주 휴게소에 잠깐 들렀다.

나는 고속도로를 달리면서도, 휴게소에서 잠시 쉴 때도 절절하게 당신을 생각한다. 큰아들이 마실거라도 사온다 며 자리를 비우고 나간 차 안에 홀로 앉아 차창 밖을 내다 보고 있으니 내 눈에 들어오는 것마다 왜 이렇게 나의 가 슴을 아리게 하는지…….

머리가 반백이고 군살이 쪄서 배가 나온 저 남자들 속에 서 당신의 모습을 찾고 있는 내가 새삼스럽다. 그래도 당신은 군살도 덜찌고 배도 덜 나왔었는데…….

오늘 당신이 있어 큰애가 운전하는 차에 당신과 나란히 앉아 이 길을 간다면 당신의 기뻐하는 모습을 보며 나도 얼마나 좋을까!

나는 오늘 당신이 가장 자랑스러워하던, 막내 시동생의 고대하고 고대하던 소장 진급을 축하하기 위해 고속도로를 달리고 있다. 친척들의 큰일이 있을 때나, 서울로 유학을 간 두 아들의 일로 여러 번 이 도로를 당신과 다녔었다.

애들 졸업식에는 당신이 퇴직한 후라 여유 있게 갈 수 있었지. 그렇게 당신과 달리던 길이기에 더욱더 당신 생각에 가슴이 저린다.

아침에 일어나 무심코 밖에 나간 사람이 한 시간도 지나지 않아 싸늘한 시체가 되어 병원에서 나를 맞이한 당신. 평생 공무원으로 33년을 몸 바쳐 살다 퇴직한지 2년째 되는 날. 그 엄청난 일이 웬일이란 말인가.

7남매의 맏이인 당신에게 시집와 시조부모, 시부모와 살며 고생하는 나에게 항상 미안하다고 진심으로 나를 위로해주던 당신이 있기에 그 힘든 일들도 참고 살아 왔는데.

"이제 퇴직했으니 우리 여행이나 다니며 재미있게 살자."고 나를 들뜨게 만들어 지난 고생들을 봄눈 녹듯 다 녹

여버린 당신이 주검으로 내 앞에 누워있다니 정말 믿을 수 없는 일이었다.

"여보, 나는 어떻게 해요?"

너무 힘들었던 일 년이 지나고 벌써 두 번째 제사가 돌아온다.

"여보, 당신도 일 년이 넘게 집을 비웠으니 궁금한 것도 많을 텐데 어찌 한 번 와보지도 않는 거죠?"

당신에게 알려 주어야 할 일이 너무나 많은데, 어떻게 하면 당신과 얘기할 수 있을까요!

어느새 차는 목적지인 파주에 접어들었다. 임관식 때 한 번 왔던 곳이기에 낯설지는 않았다. 아들은 초행길이었지만 네비게이션이 있어 찾아오는 데는 그리 어렵지 않았다. 남편과 다닐 때 길을 잘못들어 한참을 헤맨 생각도 난다. 이 좋은 세월을 두고 먼저 가다니.

부대에 도착하자 위병소 군인들이 겹겹이 보초를 서고 있다. 사정 이야기를 하니 깍듯이 길을 안내한다.

임관식 때 정말 늠름하고 엄숙하게 말도 잘하던 시동생을 떠올리며 다시 한 번 부대를 둘러보았다. 군인이 안내해 준 관사 주차장에 차를 주차하고 집안으로 들어갔다.

넓은 거실 화려하게 치장해 놓은 장식들. 옛날 육사 졸

업하고 얼마 안 되었을 때 당신과 함께 가보았던 조그마한 군인 아파트에 비하면 너무 대조적이고 대궐 같은 집이었다. 코 흘리던 어린 시동생이 이토록 늠름한 장군이 되어 있는 것을, 당신과 함께였다면 얼마나 좋을까.

모든 것이 당신을 생각하게 하고 아쉽게 느껴지게 하는 내 주변의 모든 것들이 나에게는 아직도 혼자 받아들이기에는 너무 힘들다.

꿈이 생겼다

오늘이 김홍도 그림 연구회 회원전이 열리는 날이다.

괴산의 회원들이 모두 모여서 회원전이 열리고 있는 청주 문화원으로 출발하는데 마음은 어린애처럼 들뜨기만 했다.

여자이기 때문에 하고 싶은 공부도 제대로 못 하고 어린 나이에 시집와 대 가족 속에서 정신없이 살다 보니 어느 사이 아이들도 뿔뿔이 내 곁을 떠나 버리고 남편까지 갑자기 세상을 떠나 외톨이로 남았다.

다 떠나도 남편만은 내 곁에 있어줄 줄 알았는데 뭐가 그리 급했을까.

하루하루 견디는 일이 정말 너무나 힘들었다. 나도 남편 따라 가려고 수없이 마음먹었었다. 그러나 인생살이라는 것이 그렇게 녹녹치 않았다.

무기력과 우울증에 빠져 힘든 나날을 보내던 어느 날 예전에 알고 지내던 사람을 우연히 만났다. 그는 진심으로 나를 위로했다. 그는 나보다 더 어려운 여건에서 열심히 살아온 사람이다. 요즘 도서관에서 운영 하는 동양화 교실에 다니는데 같이 다니자고 했다. 하지만 쉽게 나서지지 않았다. 그냥 며칠을 보낸 뒤 또 간곡히 권하는 전화를 받았다. 도서관에 꼭 나오라는 것이다 .

자의반 타의반 용기를 내어 이튿날 도서관엘 찾아 갔다. 낯선 내가 들어서는 것도 모르고 모두들 열심히 붓을 놀리고 있었다.

교장 선생님으로 퇴직을 했다는 연세가 칠십이 넘은 어르신, 깔끔한 교수 사모님, 사십대쯤으로 보이는 젊은 여인들, 그리고 농사를 짓는다는 구수한 중년의 남자도 있었다.

여러 가지 주의 말씀과 한국화에 대한 기본적인 것을 짚어 주시는 선생님 말씀을 들으며 붓과 화선지를 받아서 떨리는 손으로 기초 단계인 난을 그려 보았다. 잘 되지는 않았지만 탁, 하고 무언가 가슴에 와 닿는 것이 있었다.

'이것이다, 여기에 정신을 모아 보자,' 나는 정신이 번쩍 들었다.

그동안 깜깜한 공포와 고독감으로 가슴을 도려내야 했던 시간들이 붓과 먹물로 지새우는 날로 차츰 바뀌어 갔다.

며칠 밤을 붓과 싸우고 나니 어느 정도 선생님께서 그려 주신 체본과 닮아 가는 것 같은 느낌을 받기 시작 했다.

나는 보물찾기에서 보물을 발견 한 것 같은 기쁨이 핏줄을 타고 온몸으로 뜨겁게 휘도는 것을 느꼈다. 열심히 하고 싶어진다. 이런 나를 하늘에 있는 남편도 빙그레 웃으며 대견하게 내려다보리라.

선생님께서 "하나 가르치면 둘을 아시네요. 하면서 힘을 불어 넣어 준다.

마음을 어디에 둘지 몰라 괴로워하는 나를 아프게 지켜보기만 하던 아들 녀석도 "엄마 활기차게 사는 모습 보기 좋아요" 라는 메일을 보내 격려해 준다. 아직은 걸음마 시작도 아니지만 내가 하고 싶은 게 있다는 것이 이렇게 즐거운 일인 줄 예전에는 정말 몰랐다.

배운 시간이 짧은 대로 선생님의 도움을 받아 겨우 완성한 첫 작품을 김홍도 그림연구회 회원 전에 출품 하고 보니 그 감회가 말로 다 표현 할 수가 없다.

이제 내게도 꿈이 생겼다.

작품다운 작품을 그리는 일, 이게 꿈이다.

자신 있게 전시회에 작품을 내는 일.

가슴이 두근거린다.

무장아찌

간밤에 소나기가 꽤 많이 내렸다.

코에 거슬리는 나쁜 냄새들을 다 개운히 씻어 버린 듯한 싱그러운 5월의 이 내음을 어느 향수에 비할까?

시원한 바람을 온몸에 느끼며 햇볕에 유난히 반짝이고 있는 장독대로 갔다.

며칠 전 청소를 하려고 벼르던 장독대 항아리들이 어젯밤 내린 소나기로 반질반질 윤이 나고 있었다. 봄내 쌓였던 장독소래기 위의 황사 먼지가 깨끗이 씻긴 것이다.

항아리 속 여기저기에 묵은 된장과 고추장이 말라붙어 있는 것들이 영 마음에 걸렸는데 오늘은 내친김에 장독대 청소를 하게 되었다.

거칠 것 없이 맑은 하늘에 수줍은 5월의 태양이 뜰 앞에 서 있는 목련나무의 어린잎에 입맞춤의 교신을 하고 있었다.

장독소래기를 열고 말라붙은 묵은 된장과 고추장 윗부분의 딱딱하게 마른 것을 걷어 보니 속에는 무장아찌가 잔뜩 들어 있다. 참외와 오이장아찌도 함께 들어있다.

어린 시절 어머니가 싸주시던 도시락 반찬 생각이 나 큰맘 먹고 담가놓은 것들인데 해놓을 줄 만 알았지 시기에 맞추어 꺼내 먹을 생각은 안 하고, 슈퍼에 가서 사는 것만 아는 살림을 했나 보다.

저장식품에는 신경도 관심도 까맣게 지워버린 내 생활이 항아리마다 말라붙어 있는 것 같다. 너무 오랜 동안 뜨거운 태양 아래 유리 뚜껑을 덮어 놓아 몹쓸 것이 되어 버린 것들, 엄하신 시어머님이 보셨으면 야단이 날 일이다.

그래도 아까운 생각이 든다. 항아리 깊은 속에 있는 먹을 만한 장아찌로 가려서 물로 씻어 우렸다.

손질한 무장아찌를 김치 냉장고에 넣어두고 조금만 남

겨서 잘게 썰어 양념하여 저녁반찬으로 내놓았다. 잘 먹어 줄까? 설레는 마음으로 아이들을 지켜보았다. 그러나 아이들은 한 젓가락 집어 먹더니 다시는 젓가락이 가질 않는다. 아무래도 맛이 없는 모양이다.

어릴 적 생각이 난다.

그날도 어머니는 무장아찌로 도시락 반찬을 싸셨다. 그때는 계란이 일등 반찬일 때였다.

누구나, 아무나 계란을 도시락에 넣어오지 못하던 시절, 아이들은 고추장이나 김치가 대부분이었던, 아니 도시락을 싸 온다는 것만으로도 살만 한 집 애들이 되던 시절, 그래선지 무장아찌 반찬은 꽤 인기 있는 반찬이기도 했다. 내 친구 규순 이는 나하고 학교에 같이 가려고 우리 집에 왔다가 도시락을 보고서 자기네는 무장아찌가 없다면서 무장아찌를 제일 좋아한다고 말했다. 나는 그리 좋은 줄은 몰랐는데 그날 그 친구와 점심을 같이 먹으면서 그 애가 한 말 때문인지 다른 날 보다 무장아찌가 더 맛이 있었다. 집에 와서 어머니께 그 친구 이야기를 했더니 어머니는 장아찌를 몇 개 꺼내어 그 친구 집에 갖다 주라고 하셨다 .

그 친구는 50여년이 지난 지금도 만나면 무장아찌 이야기를 한다. 어머니 안부와 그때 그 장아찌 맛은 지금도 못

잊는다며 그 맛을 어디서도 찾을 수 없다고 한다. 그 짭조름하고 감칠맛 나던 된장에 넣었던 장아찌 맛을 새삼스럽게 떠올려 본다. 어릴 적 추억은 굳어진 가슴을 연하게 하는 비타민 같은 것인가?

왠지 가슴이 훈훈해짐을 느낀다.

복숭아 옷 입히던 날

　오늘은 일꾼을 얻어 복숭아 봉지를 싸기로 한 날이다.

　저녁에 일기예보를 들으니 비가 온다고 해서 걱정을 했는데, 다행히 일꾼들은 비가 와도 일을 한다고 했다.

　요즘은 우비가 좋고 바닥이 잡풀로 덮여 땅이 질척이지 않으니 할 만하다는 것이다. 하긴 일꾼들이 조를 짜서 뭉쳐 다니기 시작한 후로는 여간해서 일을 깨는 일이 없다. 언제부턴가 농촌에도 일꾼을 알선해주고 소개비를 받는 사람이 생겼다. 어떠어떠한 일에 몇 명이 필요하다고 조장에게 부탁하면 알아서 일꾼들을 데리고 온다.

　품앗이 일이 거의 없어지고 대부분 일꾼을 사서 농사를 지어야하는 형편에서 생각하면 한편 편리한 점도 없지 않다. 일 할 적마다 일일이 사람을 구해야하는 어려움을 덜고 하루 일감을 정해주면 책임지고 깔끔하게 일을 끝내주니 주인이 일일이 참견할 게 없다. 밭에 나가보니 벌써 일꾼들은 다 와서 일을 시작하고 있었다.

　오늘 우리 일을 하러온 이 사람들은 목도에서 제일 젊고 일을 잘한다고 소문이 난 패거리다. 다 모아야 열 명 남짓한 아낙네들, 일손이 필요한 집에서는 가능하면 이들에게 맡기고 싶어 하니, 일감이 떨어질 새 없이 늘 바쁘다고 한다. 그러니 일을 다녀야 하는 이들은 누구든 이 패에 끼고 싶어 안달이다, 조장은 사람들을 모아주는 대신 주인에게 품값의 1할을 따로 받는다.

　10명이면 다른 사람 갑절의 품삯을 받는다. 그러니 조장은 제법 수입이 짭짤할 테지만 농가에서는 그만큼 품삯이 올라간 셈이다. 조장들 사이에는 좋은 일꾼을 확보하려고 서로 실랑이가 벌어지는 일도 예사다.

　형편이 이렇다보니 일을 하는 사람이나 일꾼을 사야하는 사람이나 조장의 눈치를 보게 되고, 조장의 유세가 대단해서, 가끔 조장을 통하지 않고 사람을 구해 쓸 때조차도 조장 몫의 소개비를 따로 챙겨주는 이상한 풍습이 생겼다.

남편이 심어놓고 떠난 나무를 차마 없앨 수가 없어서 복숭아 농사를 시작은 했지만 초봄 꽃망울 따기부터 어린 복숭아 솎으며 봉지 싸는 일까지 다 남의 손에 의존하다보니 배보다 배꼽이 더 큰 농사가 될게 뻔한 형편이다.

남편이 퇴직하고 농사를 짓겠다며 의욕적으로 벌여놓은 일들이, 갑작스런 사고로 그가 떠나고 나니 모두 감당하기 힘든 짐으로 나를 압박한다.

대부분의 일은 정리를 했지만 남편이 공직에 있는 동안 한푼 두푼 모아 처음으로 장만한 땅에, 그의 꿈을 담아 가꾼 이 복숭아 밭 만은 차마 포기할 수가 없었다.

새참을 맛있게 먹은 일꾼들은 또 나무에 매달려 봉지를 싸기 시작한다. 너스레 잘 떨고 우스갯소리 잘하는 영주 엄마는 인기가 만점이다. 무엇이 그리 재미있는지 연신 까르르 까르르 웃음을 쏟아내며 기계처럼 정확하게 손을 놀리는 일꾼들을 보며 나는 새삼 이 밭을 넘기지 않길 잘했다는 생각을 한다.

멀리서 쑥국새가 쑥국쑥국 운다. 나뭇꾼이 쑥국을 먹는 동안 마누라가 날개옷을 입고 하늘나라로 올라가, 쑥국 먹은 것이 너무 억울해서 쑥국새가 되었다는 전설을 들어서 인가, 쑥국쑥국 소리가 정말 울분을 토하는 것 같이 들린 다.

일꾼들은 부지런히 봉지를 싼다. 푸르던 복숭아 나무가 노랗고 복스런 봉지 꽃을 달고 바람에 흔들린다. 요즘에 나오는 봉지는 예전보다 싸기에 좀 편리하다. 예전 것은 종이의 질도 좋지 않고 잘 벌어지지 않아, 시간이 많이 걸 리고 불편했는데, 요즘 봉지는 편해져서 전보다 곱절은 능 률이 난다. 그러나 복숭아 농사를 짓는 사람은 많아졌고 일하는 사람은 적으니 일손이 딸려서 야단들이다.

일 다니는 사람들도 하루 틈내기가 힘들단다. 올해는 운이 좋아 사람을 구해 일하지만, 내년에는 또 어찌해야 하나. 어쩌면 남들처럼 일꾼을 미리 예약 해 두어야 할지 도 모르겠다. 어떤 이들은 호미나 작업복, 장갑 같은 것들 을 선물하기도 하고, 비싼 요리를 사주며 맘을 잡으려 애 쓰는 모양이다.

그렇게 애면글면 농사를 지어놓으면 또 파는 일이 걱정 이다. 농협에서는 음성 햇사레 복숭아 브랜드에 넣어야 한 다며 이런 저런 계약 조건을 내세우는데 여간 까다롭고 복 잡한 게 아니다. 햇사레 복숭아는 서울에서도 꽤 알려져서

가락동 시장에서도 명품 취급을 받는다고 하니 좀 나은 값에 팔 수 있을지 모르지만, 우리처럼 소규모 재배를 하는 농가에서는 그 조건에 맞는 복숭아가 얼마나 나올지도 모르면서 미리 로열티를 주고 계약을 해야 한다니 부담스럽기만 하다.

아무쪼록 이 봉지 안에서 달고 건실한 봉숭아로 무럭무럭 자라주기를 기다리며 여린 열매들에게 정성스레 봉지옷을 입힌다.

요양원을 다녀와서

오늘이 인형극 작업의 마지막 날이다.

그러니 만큼 오늘은 회원들이 특별한 일이 있는 몇 명을 빼고는 거의 다 나온 셈이다.

목소리가 고운 이상옥 선생의 '구지구지' 극 해설을 시작으로, 모두들 개성 있는 목소리로 녹음을 끝마치고, 그동안 열심히 만든 인형을 가지고 인형극 연습을 했다.

'구지구지'에 나오는 악어며 오리, 그리고 '애벌레의 꿈'에 나오는 애벌레, 나비 등 첫 솜씨답지 않게 잘 만들어진 인형을 보며 우리들은 모두 흐뭇해 했다.

걱정거리였던 인형극 무대는 이상옥선생의 남편인 박남규 목사께서 연구를 거듭하여 조립식으로 이동하기가 편하게 만들어 무난히 해결이 되었다. 회원들 모두 고마움의 인사를 전했다. 무대 뒤에서 인형을 움직여 하는 극을 TV에서만 보다가 실제 하니 신기하고 재미있었다. 여러 가지가 모자라고 부족하지만 우리들은 열심히 연습하며 활동을 시작했다.

〈자주 감자〉라는 동아리는 플랫폼사업으로 여러 가지 봉사 일을 하는 단체다. 주1회 도서관에서 인형극 강사를 초빙하여 3개월 동안 인형 만들기 강습을 받았다.

회원들은 대부분 방과 후 수업, 특별활동 교사, 아이 돌보미, 구연동화 등으로 모두 바쁘게 일 하는 주부 들이다. 시간이 안 맞아서 못 나오면 서로 역할을 대신 해주어야 하기 때문에 모두 다른 사람 몫까지 신경을 써야 한다.

오늘은 감물면에 있는 무지개마을이라는 노인 요양원에 가기로 한 날이다. 나는 박명주선생과 만나 무지개 마을을 찾아 길을 떠났다. 매전 저수지를 지나 증자동 마을에 도착하였다. 산과 하늘만 보이는 오지마을이다.

땀범벅이 되어 고추를 따는 이에게 길을 물어 산으로 올라가는 좁은 길을 안내 받았다. 좁은 길을 가면서 반대쪽에서 차가 오면 어떻게 피하나 걱정을 하며 서툰 운전 솜씨로 조심조심 가다 보니, 좀 여유 있는 곳은 차를 피할 수있게 길옆으로 반달 모양 넓혀 놓은 곳을 발견 하고는 마음이 좀 편해졌다.

한참을 올라가다 보니 무지개 마을이라고 쓰인 마티즈 차 한 대가 넓혀진 길에 비켜서서 우리가 지나가기를 기다렸다가 창문을 열고 반갑게 인사를 했다.

나는 양로원 방문은 처음이다. 오늘 선배들 사이에 끼여 그동안 갈고 닦은 인형극 공연을 하기 위하여 양로원에 가는 것이다.

좁은 길을 한참 가다보니 차가 여러 대 주차 할 수 있는 마당에 도착 하였다. 건물은 아늑하게 2층으로 지어져 있고, 아까 차에서 본 사람들이 입었던 것과 똑같은 유니폼을 입은 직원들이 반가이 안으로 안내하였다. 다른 일행은 이미 와 있었다.

나는 이곳은 딴 세상이라는 생각이 들어, 긴장한 마음으로 여기 저기 살피며 2층으로 올라갔다. 노인들은 휠체어를 타고 인형극 관람을 위해 모여 있었다.

친정어머니 생각이 났다. 시골에 혼자 사시다 직장 다

니는 아들 내외를 위하여 도회로 나가서 손자를 보셨다. 90이 되신 어머닌 관절이 안 좋은 데다 방에서 혼자 계시다 넘어져 고관절을 다치셨다. 병원에 계시다 나오셨으나, 몸이 많이 불편하여 우리 집에 와 계셨다.

노인 모시는 일이 그렇게 녹녹하지는 않았다. 아는 지인이 장모님을 모시다 요양원에 보냈다는 얘기도 들으면서, 어머니를 요양원에 보내면 어떨까, 생각도 해보지만 차를 타고 다니다 보면 외딴 터에 버티고 서있는 요양원이 왜 그리도 서글퍼 보이고 쓸쓸해 보이는지 마음이 아파 그런 생각 자체를 괴로워했다.

무대 설치하는 동안 우리 몇은 노인들과 놀아 주었다. 유치원 아이들 다루듯 하나 둘 짝짝 손뼉도 치고 유희도 하며 소란을 떨었다. 노인들은 잘 움직여지지 않는 손으로 따라 하며 즐거워했다.

단원 중 깔끔하고 정이 많은 조영숙 선생이 노인들 등을 주무르고 쓰다듬고 안아 주고 하는 것을 보고 존경스럽기까지 했다.

문득 TV 속의 젊어서 교직에 있던 노부부이야기가 생각났다. 파키슨병을 앓는 아내를 주위에서 요양원에 보내라고 해도 현대판 고려장에 사랑하는 아내를 보낼 수 없다며

직접 돌보다가 힘든 아내의 병간호에 우울증까지 걸려, 함께 죽어야겠다는 생각으로 아내를 살해하고, 자살을 시도한 가슴 아픈 사연이 큰 파장을 일으켰었다.

노인 요양원이 아직 우리들 마음에 멀리 있기 때문일 것이다. 인간의 수명이 점점 길어진다는 통계를 보면 남의 일이 아니다. 우리는 이제 노인 요양원을 현대판 고려장이 아닌 노년의 보금자리라는 생각으로 바꾸어야 할 때가 아닌가 싶다.

그러기 위해서는 요양시설이며 또 그 기관에 종사 하는 분들의 생각이 많이 바뀌어 좀더 노인들을 배려하는 마음과 진정으로 노인을 위한 따뜻한 태도로 노인을 돌보는 문화가 만들어져야 할 것 같다.

첫사랑

　친구 아들결혼식에 갔다가 흔히 말하는 첫사랑을 만났다. 40년 전 사람이다. 그가 올지도 모른다는 생각이 들었을 때 잠시 설렘이 일었던가, 꼭 가야 하는 자리였고 남편이 살았다면 함께 갈 자리였다.

　친구의 남편도 내 남편과 알고 지내던 공무원이었고 그 사람은 친구 남편과 친한 이였다. 이런 소소한 일상들이 남편과 사별한 후 그 빈자리를 절감하게 하는 아픔의 순간들이 될 줄 어찌 알았으랴.

어딜 가나 행여 사람들과 눈이라도 마주칠까 죄인처럼 눈을 피하게 되는 것 또한 새롭게 생긴 버릇이다. 축의금 봉투를 살짝 내밀고 돌아서는데, "안녕하세요." 하면서 중년 신사가 앞을 막아섰다.

그 사람이다. 옛 모습은 찾아 볼 수가 없었다. 단지 남편과 함께 찍은 사진 속에서 보았던 그 얼굴이다. 어쩌다 가끔씩 생각나던 그 사람.

남편이 승진을 하여 교육을 다녀왔을 때의 일이다. 승진하고 교육 받고 정말 가슴이 벅찬 때였다. 며칠 간 헤어져있다 만나 이런 저런 얘기를 하던 중이었는데 왜 언뜻 그 사람 생각이 났는지 모르겠다. 그래서 그 사람 이름을 얘기하며 혹시 아느냐고 물었다.

"응, 같이 교육 받았어. 그 사람을 알아?"

남편이 의아한 시선을 던지며 물었다. 나는 도둑질하다 들킨 듯 잠깐 움찔했지만, 세월이 웃음으로 넘길만한 여유를 주었다.

"맞아. 그도 그 정도 되었을 거야."

나는 남편에게 그 옛날이야기를 짧게 눙치며 깔깔 웃었다. 남편은 교육수료 기념사진에서 그를 가르쳐 주었다. 옛 모습은 찾을 수 없고 머리가 반백인 노신사로 변해 있었다.

그 일이 있은 후 남편과 간간히 그의 이야기를 하곤 했다. 남편과 그는 교육 장소에서 처음 만난 듯했다. 처음엔 잘 받아 주더니 자꾸 이야기하니까, 좀 질투를 느끼는 듯하였다. 그 모습이 우스워서 나는 남편을 많이 놀렸다.

그와 인연은 기실 크게 인연이랄 것도 없었다.

낙엽만 굴러도 가슴이 설레던 열아홉 스물…… 그 꽃다운 시절에 그는 직장일로 잠시 우리 집에 머물게 되었었다. 그는 산림청 직원이었다. 60년대 말 박정희 정부의 경제개발계획이 횟수를 거듭하던 무렵쯤일 게다. 산림녹화운동의 일환으로 전국의 산야에 나무심기가 한창이던 때였다.

내 친정 마을은 산중턱에 열대여섯 가구가 옹기종기 모여 사는 작은 산골 마을이었는데 그 마을이 있던 뒷산이 해발 700미터가 넘는 박대산이다.

그해 봄 마을에는 식목사업을 지도할 산림청 직원들이 매일 드나들었고, 식목이 진행되면서 일부 공무원들은 아예 마을에 하숙을 정하고 상주하게 되었는데 우리 집에서 그 하숙을 맡아 하게 되었던 것이다.

지금 생각해봐도 산중턱의 아늑하고 조용하던 산골마

을이 그때처럼 사람들로 북적이고 활기가 넘치던 때는 없었지 싶다.

정부시책사업으로 시행하는 식목인 만큼 근동 마을의 일할 만 한 사람들은 너나 할 것 없이 산으로 모여 들었고 종일 산중턱에는 하얗게 사람들이 매달려 나무들을 심었다. 조용하던 산골 마을이 매일 잔칫집 마냥 사람들로 북적였고 돈이 귀하던 시절에 날마다 품삯이 나오니 힘은 들어도 사람들의 표정에는 활기가 넘쳤다. 그 때까지만 해도 농촌 가정은 대부분 대가족을 이루고 있어 노인과 젊은이 어린아이들이 조화롭게 모여 살았던 때다. 건강하고 부지런한 일꾼들은 얼마든지 있었고, 어디 가든 옹기종기 모여 노는 아이들을 볼 수 있었으며 처녀 총각들의 은밀한 사랑이야기도 심심찮은 화젯거리였다.

그 후 몇 해 여름은 심은 나무를 보호하기 위하여 식목한 나무 주변에 풀을 깎아 준다던가 하는 육성사업이 진행되었다.

그럴 즈음에 그가 첫 발령을 받아 왔다고 먼저 와있던 직원이 어머니께 인사를 시켰다. 나는 문틈으로 그 사람을 몰래 내다 보았다. 얼굴이 곱상한 앳된 청년이었다. 나는 공연히 가슴이 뛰었다.

그 후로 우리 집에 몇 번 드나들게 되고 그가 와서 밥을 먹는 날이면 반찬에 괜히 더 신경이 쓰였던 것 같다.

나는 그 때 농사와 집안일로 늘 바쁘신 어머니를 도와 집안일을 도맡아 할 때였다. 한 날은 빨래를 하는데 땀에 흠뻑 젖어 벗어 놓은 그의 메리야스를 보았다. 나는 가슴이 두근거렸다. 빨아야 되나 말아야 되나. 그 때 그 마음은 무엇이었을까?

내가 처음 이성을 느꼈던 사람이 아니었나 싶다.

얼마 후 한 통의 군사우편이 날아왔다. 그 한태서 온 것이었다. 부모님 몰래 두근거리는 가슴으로 어떻게 편지를 읽었는지 모르겠다.

내용은 숨길만 한 것도 아닌데 왜 그리 가슴이 뛰었는지. 우리 집에 있을 때 신세를 졌다는 이야기며 또 한참 공부하고 일할 젊은 나이에 이렇게 발목을 잡혀있으니 답답하다는 둥 그런 이야기인데, 그렇게 내가 편지 받은 게 무슨 죄 지은 것 같이 가슴이 두근거리고 얼굴이 달아올랐다.

그 후로도 몇 번의 편지를 더 주고 받았다.

어머니께서 아시게 되고 어느 날 아버지께서 어딜 다녀 오시더니 그 사람네 집을 알아보고 오셨다고 했다. 그 사람 집은 강원도 아주 두메산골이고 형제가 구남매에 가난

하단다. 그래도 머리들은 좋아서 공무원 시험에 수석으로
합격하였다는 말씀이다.

그 후로 친척 아주머니와 중매쟁이가 날마다 드나들었
다. 어머니께서 나를 살살 달래셨다. 사람 좋고 다 알고 살
만하니 마땅하다고 밀어 붙이셨다.

나는 일단 그 사람과 장래 약속을 한 것도 아니고 연애
를 한 것도 아니지만, 그래도 내 사정은 알려야 될 것 같아
사정 이야기를 써서 편지를 보냈다. 두근거리는 가슴으로
답장을 뜯어보았다. 그런데 그의 답장에는 이렇게 쓰여 있
는 것이 아닌가.

'지금 시골에서 그 나이면 부모님 입장에선 다 그러시겠
지요.'

그 정도의 내용이었다. 그 사람 입장을 생각하면 그럴
수밖에 없는 사정이었을 것 같다. 집은 가난하고 준비는
안 되어 있으니 자존심도 있고 어찌할 수 없는 입장이었을
것이다.

나는 부모님 독촉에 못 이겨 선을 보았다. 일은 일사천
리로 진행되었다. 신랑 집에서 금방 결혼 날짜를 보내왔
다. 그러는 중에 그가 군에서 휴가를 받아 우리집으로 내
려왔다.

말로 하지 않은 그 사람은 마음을 행동으로 보여준 것 같다. 그 땐 몰랐지만 지금 생각하면 나는 고무신 거꾸로 신은 사람이 되어 버렸다.

아침에 그 사람에게서 막내를 결혼시킨다는 연락을 받았다.

남편이 있었다면 하지 않았을 경계심이 봉투 열기를 망설이게 한다. 뜯어보니 예식장이 서울이다. 차라리 잘되었다. 서울까지 갈 필요야 없는 일이다. 축의금 봉투나 인편에 전하면 되리라.

봉투를 화장대 서랍에 넣으며 거울에 비친 늙은 여자가 새삼 낯설게 느껴져 쓰윽 쓱 얼굴을 몇 번 문질러 본다.

버스 안에서

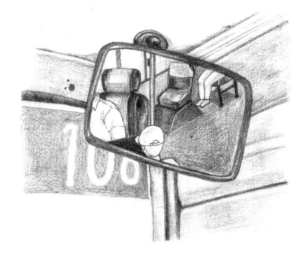

마을 친목회원 남편이 교통사고로 입원을 했다. 회원 중 5명이 충주 가는 버스를 탔다. 일손이 바쁜 때라 그런지 버스 안은 텅 비어 있다.

때마침 감자나 옥수수를 심을 시기라 농사꾼인 나는 손 씻을 틈도 없다. 며칠 전에 비가 와서 얼었던 땅이 풀리고 흙이 촉촉이 젖어 씨뿌리기에 딱 좋은 날씨다.

모처럼의 외출인데 차분히 나들이 준비를 해야 하지만

그럴 새가 없었다.

일하다가 차 시간이 가까워 오자 급하게 세수 하고 화장
이라고 화운데이션을 쓱쓱 바르고 나선 것이다. 버스 앞쪽
에 자리를 차지하고 앉았다. 버스에 탄 사람들 면면을 보
니 우리가 늙었다는 걸 새삼 느꼈다.

내가 새 색시 적 일이다. 어느 할머니의 화장한 얼굴을
보고 화장이 왜 저리 안 먹었을까? 저런 화장을 왜 하나,
하면서 안쓰럽고 민망 했는데 지금 우리의 화장한 모습이
딱 그 모습이다. 삐뚤어진 눈썹하며 피부에서 겉돌아 기름
이 주르르 흐르는 화운데이션 자국은 정말이지 안쓰럽다
못해 서글퍼진다.

우리가 처음 이 모임을 시작할 때는 곱디고운 새색시 적
이어서 살림하랴 어린 아이 키우며 바쁜 중에도 모이는 날
을 손꼽으며 기다렸고 서로 얼굴들을 보면 좋아서 어쩔
줄 몰라 했다.
지금껏 사십 여년을 같이한 우리 모임은 친 형제 이상으
로 돈독 했다.

다들 버스에 오르기 무섭게 졸기 시작한다. 나는 머리를 꾸벅하고 떨어트리고 침까지 흘려 깜짝 놀라서 바로 앉기를 반복하다.

어느 정거장에서 한 외국인이 올라탔다. 정신이 들어 자세히 보니 그 외국인은 만 원짜리 지폐 한 장을 들고 요금 단말기 앞에 어설프게 서 있다.

버스요금은 전산이 지폐로는 천 원짜리와 동전만 인식하게 되어있나 보다. 그래서 탑승용 카드를 학생이나 노인들이 많이 쓰지만 요즘은 시중 은행 카드는 다 쓸 수 있는 시스템이 되어 있는 것 같다. 내 농협 카드도 버스단말기에서 쓸 수 있다는 걸 오늘에야 처음 알았다.

버스 기사는 난감해 했다. 승객들도 천 원짜리 있으면 누가 좀 바꾸어 주었으면 하는 눈빛으로 웅성거렸다. 내 지갑에 천 원짜리 몇 장이나 있나 하고 속으로 계산 하고 있는데, 뒤쪽의 한 젊은이가 앞으로 나오며 "제가 내드릴게요!" 하며 낡은 지갑에서 카드를 꺼내 버스 단말기에 척 붙이는 것이었다.

쨱, 하고 나는 단말기 소리가 나의 마음을 찡하게 했다.

나는 그 뒷모습이 그렇게 장하고 멋져 보였다.

버스비 정도야 누군들 없을까! 바로 내 앞에서 당황해 하는 외국인을 도울 수 있었는데 천 원짜리 갯수나 세었던 난 참 이기적이고 순발력 없다는 생각에 얼굴이 달아올랐 다.

그런데 작업복 차림의 그 외국인은 한국말을 통 모르는 것 같았다.

젊은이에게 고맙다는 표시를 할 줄 알았는데 그냥 무시 해 버리고는 옆의 승객에게 급히 쪽지를 보였다. 자기 내 릴 곳을 적은 쪽지인 것 같았다. 옆 승객이 그 외국인에게 손 까락 두 개를 펴 보였다.

두 정거장 지나서 외국인이 내리고, 버스 기사는 좀 쑥 스러운 말투로 이렇게 말을 하는 것이다. "외국인이 아니 었으면 돈을 안 받았을 텐데!" 버스 기사는 외국인에 대한 부정적인 편견이 있나보다.

버스 기사도 여러 사람을 대하다 보면 피곤하겠다는 생 각이 들긴 하지만 그래도 그런 말은 좀 듣기가 거북스러웠 다.

글로벌 시대가 발 빠르게 밀려오는데, 요새는 어딜 가 든 외국인이 없는 데가 없다.

그 외국인은 우리나라 시내버스 정황을 잘 몰라서 청년에게 고맙다는 인사도 못했지만, 후에 돈을 벌어 자기 고국으로 돌아가서는 낯설고 힘들었던 외국 생활 중 달리는 버스 안에서 난감하고 조급 했던 순간을 해결 해준 이에게 고마운 의사 표시도 못한 자신을 부끄러워하지 않을까.

나는 저녁 잠자리에 누워도 오늘 버스 안에서 있었던 일이 자꾸만 떠올랐다.

작은 돈이라도 딱한 이들에게 도움이 되는 일을 해야겠다고 다짐했다.

요즘 젊은이들 자기만 챙기는 줄 알았는데 이웃을 배려할 줄 아는 모습을 보니 마음이 훈훈했다.

갈수록 늙은이라고 무시하는 우리 사회에 이런 착한 청년이 있기에 그나마 살맛이 난다.

가슴에 별을 품고, 굳건히 땅을 딛고

이예훈_소설가. 저자의 동생

작은 언덕을 사이에 두고 산비탈을 따라 두 줄로 길게 자리를 잡은 집들이 열네 채였다. 마을 앞으로는 박달산에서부터 흘러내린 물줄기가 모여 흐르는 개울이 있고, 마을 뒤 산줄기는 마을사람들을 먹여 살릴 크고 작은 전답들을 넉넉히 품고 낮게 펼쳐져있었다.

언니와 나를 포함한 우리 사남매는 이 작은 산골마을에서 어린 시절을 보냈다.

전설처럼 듣고 자란 이야기로는, 증조할아버지가 전염병이 창궐하는 집성촌에서 두 자식만을 데리고 도망치듯 떠나와 자리를 잡은 곳이 그 마을이라고 했다. 그 때는 물론 사람이라고는 그림자도 없는 깊은 산속이었으니, 그 마을의 시조가 증조부인 셈이다. 오십여 년의 세월을 거쳐 그렇게 나름의 사연을 가지고 모여든 사람들이 이룬 마을의 이름은 점토골.

땅은 척박하고 사람들의 살림도 넉넉지 않았지만, 집집마다 대여섯의 아이는 보통이어서 아침이면 학교 가는 아이들로 고샅이 그득했다. 대부분 건강하고 부지런한 장정과 그의 노부모가 힘껏 가꾸고 다독이는 가정들은 굽이굽이 사연 많은 삶의 비의를 품고도 늘 생기가 넘쳤고, 윤기 또한 잃지 않았다. 누구에게나 어린 시절의 기억은 이렇게 따사롭고 아름다운 것인지, 정말 그 시절의 농촌은 그렇게 삶이 넘치던 곳이었는지, 정확하지 않지만 그것은 그리 중요한 게 아니다. 정작 중요한 것은 자연 속에서 북적이며 살았던 어린 시절의 그 풍성한 추억이 우리의 길고 지난한 세월을 견뎌내는 든든한 버팀목이 되었다는 사실이다.

언니는 사남매의 맏딸이다. 정령보다 이년이나 늦게 초등학교에 입학한 언니는 여섯 살이 어린 내 눈으로 볼 때 이미 어른이었고, 실제로도 학교에 갔다 오기가 무섭게 온갖 집안 일로 늘 쉴 새 없이 바빴다. 그런 중에도 언니는 끊임없이 뭔가 새로운 일거리를 찾아내 놀이처럼 그 일에 빠져들곤 했는데 그 중 하나 기억나는 것이 재봉질이다. 당시 마을에는 유일하게 고모할머니 댁에만 발재봉틀이 있

었다. 언니는 어딘가에서 작은 천 조각들을 찾아들고 고모
할머니 댁을 열심히 드나들었다. 그곳에 다녀온 언니의 손
에는 예쁜 상보나 천 가방, 신발주머니, 도시락 싸게 같은
소품들이 들려있었다. 어쩌면 그녀에게는 그 신기한 재봉
틀을 사용해 보고 싶은 호기심이, 상보나 신발주머니의 필
요보다 우선 했는지도 모르겠다는 생각이 들만큼 한 때 그
일에 열중했다.

  늦가을이면 온 집안의 방문을 떼어내 새 한지를 바꿔 바
르는 작업을 했는데, 문고리 쪽에 코스모스나 금잔화 백일
홍 같은 가을 꽃잎을 넣고 덧바르기 하는 것은 꼭 언니의
몫이었다. 겨우내 그 꽃잎문양들은 창호지 속에서 곱게
말라가며 집안에 정겨운 온기를 불어넣었다. 그 뿐인가.
너른 마당 구석구석 올망졸망한 꽃밭에는 언제나 제철 꽃
이 피어있었고, 텃밭에 심어놓은 가지, 고추, 오이, 호박,
상추, 파, 마늘 같은 채소만으로도 때마다 밥상에 오르는
반찬은 궁한 적이 없었다. 겨울이면 알전구를 발뒤꿈치에
넣어 양말을 깁거나 할아버지 할머니의 바지저고리에 솜
을 두둑이 두어 옷을 짓는 일도 엄마를 도와 언니가 해야
할 일이었다. 그녀는 그렇게 누가 시키기도 전에 할 일을
찾아 훌륭히 해냈고, 그 모습은 어린 나에게 놀이처럼 보

일만큼 신명 같은 게 깃들어있었다.

상급학교 진학이 좌절된 후 집안에 들어앉으면서부터 결혼을 해 집을 떠나기 전까지 집안 살림은 온전히 언니의 몫이었다. 증조할머니와 조부모가 모두 함께 사는 집에서의 살림살이는 십여 명이 넘는 대가족은 물론이고 수시로 드나드는 친지 이웃들로 늘 잔칫집 같은 분위기였다. 게다가 여름이면 사흘도리로 일꾼을 얻어 일을 했다. 그 때만 해도 나무로 불을 때 음식을 장만해야 했던 상황을 생각하면 어머니와 함께하는 일이었다고 해도 어떻게 그 일들을 해냈는지 놀라울 뿐이다. 무엇보다 그녀는 그때 자신의 내면에 꿈틀거리는 세상을 향한 관심과 너무도 당연한 청년기의 열망을 그 누구에게도 내 비칠 여유가 없었으니, 어쩌면 그 때가 언니에게 첫 번째 시련의 시기가 아니었을까 짐작해 본다. 그 무렵 나는 처음으로 언니가 엄마에게 심하게 대들거나 화내는 모습을 보았던 것 같다.

하지만 그 때에도 언니가 자신이 해야 할 일을 게을리 하거나 헛된 행동으로 문제를 일으키는 걸 본 적이 없었다. 그녀는 늘 그 자리에 있었고 자신의 일을 열심히 해냈다.

그 무렵쯤이었던가. 매달 집으로 화려한 표지의 아름다

운 잡지책 한권이 배달되어 왔다.

　당시는 마을에서 두어 집이 신문을 구독하는 정도가 문화생활의 척도였던 상황을 감안하면 어린 처녀가 잡지책을 정기구독 했다는 건 꽤나 별난 짓일 수도 있었을 것이다.

　'무슨무슨 여성'이라는 제목이 달린 여성지였는데 표지는 언제나 화려하게 성장을 한 여배우의 사진으로 장식되었고, 책 내용도 질 좋은 종이에 컬러사진이 많이 삽입된 근사한 책이었다. 당시의 인기가수나 배우들의 시시콜콜한 사생활에서부터 유명 인사들의 멋지게 포장된 일상, 무엇보다 화려하고 자극적인 색감으로 시선을 사로잡는 상품광고들, 그리고 세상의 온갖 화제 거리는 모두 주어 담은 듯, 흥미로운 내용으로 가득한 그 책을 언니는 정말 좋아했다. 한 달 내내 곁에 끼고 살면서 책 표지가 닳도록 반복해 읽었고 좋아하는 내용은 나에게 읽어주기도 했다. 그때 잠자리에서 언니가 읽어주었던 감미로운 연애소설은 지금도 몇 장면이 선명히 떠오른다. 하지만 정말로 잊을 수 없는 건, 언니 옆에 나란히 누워 나직하고 정겨운 목소리로 나를 위해 책을 읽어주는 목소리를 들으며 잠들 수 있었던 그 달콤한 행복감, 평화로움 이런 것들이다. 정말 요즘의 여성지에는 소설이나 시가 전혀 없다. 그런데 그때 그 잡지에서는 소설이 연재되었을 뿐만 아니라 시나 소설 수필을 모집하는 문학공모가 꼭 실려 있었다.

언젠가 내가 그 잡지의 이야기를 꺼내자 그녀가 꿈꾸듯 그때를 회상했다. 당시는 그 책이 바로 세상을 바라보는 유일한 창이었다고. 그 책을 통해 세상을 이해하고 상상했노라고.

오랜 후에 내가 외롭고 삭막하기만 했던 객지생활을 청산하고 집에 돌아왔을 때, 언니는 이미 결혼을 해 집을 떠나고, 표지가 거의 떨어져나가고 없는 그 낡은 잡지들과 언니의 일기장이, 우리가 함께 쓰던 방에 남겨져 있었다. 그 때 나는 거의 반년을 그 어두컴컴한 방에 틀어박혀 언니가 남겨놓고 간 그 잡지와 일기를 읽고 또 읽었다. 묵은 잡지를 월별로 쌓아놓고 연재소설을 찾아 읽거나 초등학생의 일기를 읽으며 그 긴 시간을 보냈다는 게 지금 생각하면 참 기이하게 느껴진다. 어떻게 그럴 수 있었을까.

언니의 일기는 초등학교 5-6학년 때 초등학생용 공책에 써서 여남은 권쯤 되는 분량을 한 덩어리로 묶어놓은 것이었는데 군데군데 도장이 찍혀있는 것으로 보아 선생님이 숙제로 내주고 정기적으로 검사를 한 그야말로 초등학생이 의무적으로 쓴 숙제 일기였던 셈이다. 그런데 나는 그 일기를 읽으며 한 어린 소녀의 꿈과 열망, 좌절과 상처 그리고 그토록 바지런히 살았던 일상들을 고스란히 읽을 수 있었다. 그것을 읽으며 이유 없이 가슴이 메어졌고 감동했으며, 어린 소녀의 좌절된 열망들을 애처로워했다. 어쩌면 그것들은 또한 고스란히 나의 것이기도 했기에. 나는 온전히 그것에 몰입할 수 있었는지도 모르겠다. 그러고 보면 그 일기 읽기가 내 독서의 맨 처음이 아니었나 싶다.

생각해 보면 결혼 후에도 그녀의 생활은 별반 달라진 게 없었다. 엄한 시부모와 손아래의 여러 시누이 시동생들 뒷바라지를 하면서, 가게와 농사일을 함께 꾸려갔던 일상은 결코 녹녹치 않았을 것이다. 그 속에서 세 아이를 낳아 기르고 공무원으로 늘 바쁘게 생활하는 남편 뒷바라지까지. 자신의 심신을 돌보는 일은 염조차 내지 못한 채 삼십여 년을 살아냈다.

그렇게 긴 세월을 보낸 후, 언니에게 찾아온 잠깐의 여유. 그 시간들을 이렇게 표현해도 괜찮을까. 형부의 정년퇴임 기념식장에서의 언니는 참으로 행복해 보였다. 아니 여유로워 보였다고 하는 게 더 정확할 지도 모르겠다. 시부모님들은 모두 세상을 뜨시고, 시누이 시동생들도 오래 전에 모두 출가해 일가를 이루었다. 자식들도 잘 자라 나름대로 제몫을 해내고 있으니 한시름 놓을 때가 된 것이다. 어쩌면 늘 바깥일에 골몰하느라 집안에 눈길 돌릴 짬없이 사신 형부가 이제야말로 온전히 언니에게로 돌아올 때가 되었다고 얼마쯤 설레었는지도 모르겠다. 그날의 언니 표정은 그랬다. 그리고 일 년. 그렇게 꼭 일 년을 사시고 형부가 그야말로 청천벽력 같은 사고로 세상을 뜨셨다.

넉넉지 못한 집안의 맏딸로 태어나, 대가족의 맏며느리로, 성실하지만 표현이 서툴고 무심하기만 했던 한 남자의 아내로, 세 아이의 엄마로 살면서 그녀는 그 무엇도 거부하거나 외면하지 않고 그 모든 것은 묵묵히 감당하고 끌어안았다. 그것이 곧 그녀의 존재 방식이었고 삶의 이유이기도 했다. 굳건히 땅을 딛고 삶을 견디어 내는 것. 그렇게 사는 동안 어쩌면 그녀는 자신의 내면에서 조용히 빛나는 갈망의 불꽃을 잊었는지도 모르겠다.

남편에 대한 신뢰와 애정이 유난히 깊었던 언니에게 갑작스러웠던 형부의 죽음은 세상이 무너지는 것이나 다름없었을 것이다. 그렇게 삶이 한순간에 꺾여버린 자리에서

짚고 일어선 것이 그림이고 문학이었던 것은 어쩌면 그녀에게 당연한 귀결이 아니었나 싶다.

그 자리, 온 생을 다해 일구어왔다고 생각했던 것들이 한순간에 무너진 그 자리야 말로 까맣게 잊었던 자신의 존재가 온전히 드러나는 순간이 아니겠는가.

다시 공부를 시작하고, 시를 쓰면서 새롭게 빛을 발하는 언니의 불꽃같은 열정과 재능에 나는 매번 놀랐고, 말할 수 없이 기꺼웠다. 그러면서 또한 수없이 가슴이 메었고, 안타까웠다. 매 순간 온힘을 다해 살아낸 그녀의 옹골찬 세월이 그의 문학과 그림에 깊고 맑게 배어 아름답게 재현되리라는 것을 나는 굳게 믿는다. 지금까지 그랬던 것처럼 그녀는 또 매 순간을 그렇게 살아낼 것이다. 그 순간들이 조금만 더 따뜻하고 편안하기를.

이 인 순

- 1948년 충북 괴산군 감물면에서 출생
- 한국방송통신대학교 문화교양학과 재학중
- 괴산문학회 회원
- 김홍도 그림협회 회원
- 괴산 미술협회 회원
- 자주감자(봉사단체)회원 : 인형극, 동극, 구연동화
- 아름다운 이야기할머니(국학진흥원)
- 괴산 향토사연구회 회원

- 계간 《연인》 2017년 봄 시부문 신인문학상 수상
- 2011년 '산막이 옛길' 둘레길조성 대표 시로 「산막이 옛길」 선정
- 김홍도 전국 사생대회 우수상, 특선, 입선 다수
- 고추축제 그림전시회 8회
- 미술인협회 단체 전시회 3회

- **Tel** 010-2488-7071
- Mail : islee0709@hanmail.net
- 주소 : 28002 충북 괴산군 불정면 목도로 1길 17

이인순 작품집

산막이 옛길

2017년 8월 26일 초판 1쇄 발행

지 은 이 | 이인순
펴 낸 이 | 이영옥
펴 낸 곳 | 도서출판 이든북
등록번호 | 제2001-000003호

주   소 | (우34625)대전광역시 동구 태전로 43-1
             (중동. 의지빌딩) 201호
전화번호 | (042)222-2536
팩시밀리 | (042)222-2530
전자우편 | eden-book@daum.net

ISBN 979-11-87833-18-5   03810

값 12,000원

* 잘못된 책은 바꾸어드립니다.